이성섭 제2시집

서울을 떠나자

한누리미디어

국립중앙도서관 출판시도서목록(CIP)

서울을 떠나자 : 이성섭 제2시집 / 지은이: 이성섭. ― 서울 : 한누리
미디어, 2011
　p. ;　cm

ISBN 978-89-7969-395-9 03810 : ₩8000

한국 현대시[韓國 現代詩]

811.7-KDC5
895.715-DDC21　　　　　　　　　　　　CIP2011003221

지난 6월초 첫시집《달팽이의 외출》을 펴낸 뒤 두 달만에 두 번째 시집《서울을 떠나자》를 펴냅니다. 지난 두 달이 어떻게 지나갔는지 모를 정도로 아직도 시적 감흥에 젖어 꿈 속을 헤매는 듯한 느낌입니다. 시인으로의 등단과 함께 첫시집《달팽이의 외출》이 발간되면서 참으로 오랜 동안 잊고 지내던 친구들의 소식도 전해 들었고, 격려의 박수 또한 엄청나게 받았습니다. 새삼 삶이 풍요로워졌다고나 할까, 상당히 오랜 시간 동안 저 스스로 은둔생활에 묻혀 저 자신을 잊고 지냈었는데 이제는 당당하게 제 존재감을 드러내고 있습니다.

대단한 변화입니다. 그리고 오래도록 묵혀 두었던 시편들을 하루라도 빨리 양지로 내보내렵니다. 일각에서는 너무나 빠른 시집 발간이라고 말리기도 하는데 지금 이 상태가 제 나름대로의 시세계라 생각하고 현재의 시풍을 고수하며 작품활동을 상당기간 지속하려 합니다.

마침 시인이시며 문학평론가이신 홍윤기 박사께서도 독특한 시풍이라고 격려해 주셨기에 힘을 얻어 제2시집을 펴냅니다. 물론 설익은 시편들이라는 것을 누구보다 저 자신이 잘 알고 있습니다. 끊임없이 시창작에 전념하면서 시공부 또한 게을리 하지 않을 것임을 약속하면서 오랜 시간 동안 묵혀 있던 시편들에게 세상의 밝은 빛을 보여주고 싶은 생각임을 양지하시고 읽어주시면 더 없이 감사하겠습니다.

2011년 8월 초 용산에서 **이 성 섭**

7

차례

8

제2부 _ 사랑비

차례

제3부 _ 사랑 이야기

10

제4부 _ 외나무다리

제5부 _ 고향집

이성섭 제2시집

낙엽비

누구냐

꾸부정한 산길 너머 저 쪽
초가집서 멀리 떨어진 작은 연못가
잠자리야 그대 참말 여유롭구나
헌데 너는 또 누구냐
대나무 긴 대로 세월 낚는 당신은

하얀 구름 하나 물속으로
살며시 고개 흔들며 스쳐가고
해질녘 물방개 심술궂게 파문 일구다
어디론가 자취 없이 사라질 때
묵직한 가방 챙기는 그대
낚시 바늘 끝엔 지렁이가 없구려
서울 낚시꾼아

14

철새

푸르른 하늘 속
새 한 마리 무기력하게
날아간다

낙엽은 지고
가을은 깊어가고
모두 떠난 빈 자리에
홀로 나는 철새

철새야
날다 지쳐 날개 접히면
내게 와 쉬었다
다시 날아가렴

사랑을 모르는 새는
홀로 철새 되어
저 먼 곳 가을 속을 날아간다

정자나무

마을 한가운데 서 있는
정자나무 아래는

아이들이 떼지어 놀이하는
놀이터가 되고
동네 노인
아이들 노는 모습
바라보는 쉼터

아저씨들 술잔 기울이는 목로주점
아주머니들 수다 떠는 수다방
젊은이들 장기 두는 게임 터
동네 강아지 낮잠 자는 낮잠 터
젊은 남녀 몰래 만나는
만남의 장소

소나기가 쏟아지면
우산 되어주는 정자나무

낙엽비

낙엽이 비가 되어 내린다
팔랑 팔랑 내리는 비
휘날리며 떨어지는 비

아무리 쏟아져도
흐르지 않는 비
낙엽비가 하염없이 내린다

무수히 떨어지는 낙엽 속에
여인은 망부석 되어 앉아있고
연인들은 그 속을 걷고 있다

뛰는 가슴도 거친 숨결도
낙엽을 맞아 숙연해지고
모두들 가던 길 재촉하지 않는다

가슴에도 추억 속에서도
낙엽비가 내려
그 비를 피할 곳은 없다

나뭇잎 조각품

나뭇잎 벌레야
넌 어찌하여 나뭇잎 다 먹지 않고
가지 끝에 남겨 두느냐

벌레야
갖가지 모양 만들어내는 그 솜씨
부러운 너는 그렇지, 조각가구나
가을 이슥해지면 낙엽 조각 전시해
멀쩡한 나뭇잎보다 네 작품 뛰어나니

섬세하게 뚫어진 구멍 사이로
새로운 가을이 훤히 드러나 보이고
그곳에 또 다른 세상 펼쳐진다

벌써 가을 깊어가고
풀벌레 노래 속에 어느새 겨울바람
등성이 넘어올 때
너흰 어디로 보금자리 찾아가니

패랭이꽃

예부터 샛길이 하나 있으니
그 길은 고개 넘어 장터로 가는 산길
가다 보면 언제나 고개 쏙 내밀어
남색으로 보드랍게 미소 짓는
그대 패랭이꽃이구나

어찌 그리도 초립모자 쓰고
촐랑촐랑 오늘도 장에 가고 있니
가난하고 연약하지만
우린 온종일 꼿꼿이 서서
서로 어우러져 손잡고 꽃 피우지

자유는 몰라도 산을 아끼고
고만고만한 남매들로 모여
술래잡기놀이도 하고
패랭아 손에 자반 드신 울 아버지
저 산 넘어 어데 쯤 오시니 패랭아

나팔꽃 · 1

나무 울타리에
나팔꽃이 피었습니다

마른 나뭇가지를 휘감고
마냥 신이 나
보랏빛 나팔을 불어대는 꽃

나팔 소리에 나비가 춤추고
참새가 노래해도
듣는 이 없고

아가만이 알아들었다고
고갯짓하며 방긋방긋 웃지요

나팔꽃 · 2

나팔꽃이
새끼줄 타고 올라
보랏빛 얼굴을 내어놓고
여름날을 노래합니다

누군가에게 들려주고 싶어
예쁘게 단장하고
나팔을 불어대는 꽃

사랑을 그리는 곳에
사랑 노래 부르고
슬픔이 있는 곳에
위로의 노래 불러주고
어렵고 힘든 자들에게
희망 노래 부르는 꽃

오늘도 힘차게 살자구
행진 노래합니다

꽃과 돌멩이

허허 벌판에 버려진
큰 돌멩이 하나

언제부터 그곳에 있었기에
외로움이 차고 넘쳐도
어찌 그리 초연할까

큰 돌멩이 옆 노란 꽃 한 송이
이름 없는 꽃은
내게 혼자임을 느끼게 한다

작고 보잘것없는 꽃
꽃은 돌멩이를 지키듯
피어 있다

사라졌다
때가 되면 다시 꽃피울까

그곳에 있는 돌멩이
돌멩이가 새삼 멋져 보인다

종이학

학을 닮은 종이새를 날리면
뒤덮인 천 마리 학이
날개를 펴네

포효소리 젖어들고
가냘피 가슴 졸여지는
이 미완성을 어이하랴

얼마 만큼의 꿈을 이루려
그리 애닮기만 할까

그 손길 그리워
눈감아 버린 곳에
천 마리 학이 날아갔네

난蘭

푸른 말 위에 걸터앉은 여인
긴 머리 늘이고

머리카락 사이로
살포시 내민 뽀얀 얼굴

에메랄드 입술이
활짝 피어

아름다운 향기가
새어나온다

새는 · 1

새는 꽃과 과일나무에
집 짓지 않고

외딴곳에 집지어
새끼를 키운다

화려한 곳엔
위험이 따르고

새로서 본능을
잃어 버릴까

낭떠러지 찾아
날갯짓부터 가르친다

새는 · 2

파란 하늘을 솟구쳐
훨훨 날아
숲으로 곤두박질쳐
나무에 사뿐히 내려앉는다

이곳에서 울면
저곳에서 울어주고
"나 여기 있어요"
대답하는 무리가 있다

본능으로 이어져 온
삶이여
그곳엔 그들의 흔적이 없다

산목련

이 산중에 웬 목련이런가
뽀얀 꽃잎 바람에 일렁일 때
향기가 산내음과 함께
물씬 풍겨난다

그래도 목련은 혼자여서
꽃망울 땅 끝으로 귀 기울여
메아리 소리 듣는가

아 저곳이 정상이구나
가슴까지 스며든 향기로
숨을 토한다

온몸을 식히어
산목련 앞에서 바위 딛고
산 정상을 바라본다

꽃잎 지는 순간

얼었던 몸체 목이여
가지에 물이 오르고 눈을 틔워
몽울몽울 꽃을 피웁니다

휘황한 아름다움을 남겨놓기 무섭게
꽃잎이 떨어지는군요

꽃잎이 떨어지는 모습 연출하기 위해
순간을 남겨 놓으셨습니까

그렇게 시작하고 사라지는
창조는 끝없이 되풀이 되는지요

사랑도 이와 같습니다
추억만 남는 것은 아픔이지요

꽃잎이 떨어지는 순간은
아름답기만 합니다
추억이 남겨진 사랑처럼……

어떤 이의 소망

새는 어느 골 무엇으로 살았기에
본능으로 몸부림칠까

사랑에 얽매였기에
구속하지 않고
삶이 처절했기에
경쟁하지 않고
가난했기에
모으지 않고
자유를 몰랐기에
자유롭게 날며
명예를 몰랐기에
표현하지 않는다

다음 세상엔
인간으로 태어나지 말자는
어떤 이의 소망

학

무슨 말을 하고 싶었기에
달을 보고 짖어댈까

어디로 가고 싶었기에
가을 속을 날아갈까

포효할 때마다
안타까운 꿈이 서려

날갯짓마다
그리움이 묻어난다

이성섭 제2시집

사랑비

소녀

마당 한켠 수돗가
뽀얀 밀크색 블라우스 입고
나물 씻는 소녀

온 담을 붉게 물들인 장미
소녀를 붉게 물들이고
수돗물마저 붉은 다이아몬드

빼꼼이 열린 대문 밖으로
내 붉은 마음이 새어나와
붉게 젖은 소녀의 손등을 어루만진다

밤차

달리는 차창 너머로
뽀얀 불빛이 바쁘게 지나가고
오랫동안 쫓아오는 별은
볼수록 나를 정적에 몰아넣는다

저기 외딴집에서 흘러나오는
형광불빛이 평화로운데
내게 멀게만 느껴지는 것은 왜일까

도로가 좁아져 사라지는 그림자
이렇게 한없이 달려가면 어떨까
의자에 깊숙이 기대어 눈을 감는다

우주 한켠으로 달려가듯
무상에 나를 맡기고
적막의 공간을 찾는다

이 쓸쓸함이여

평화를 주옵소서

아카시아 향기 그윽한 곳에
텐트를 치고 하루를 보낸다

몸 구석구석까지 스며드는
아카시아 향기

여보세요
여기 벌통 좀 놓으면 안 될까요
예 그러세요

수만 마리 벌들이 떼지어
꽃 속으로 사라진다

커피 한잔 들고 세상 이야기
나누다 보니 경계를 푼다

꽃이 바람에 흔들거리고
벌이 날으니
근심 걱정 모두 사라진다

당신은 이곳에 왜 계슈
제가 있는 게 아니라 제 마음이 머물죠

저리 나는 벌은 무슨 영화를
누리려 저리 바쁠까
내겐 평화만 느껴지는데

주님 당신께서 주옵신 평화를
누리게 하옵소서

참나무

아름답지도 큰 그늘이 되지도
못하는 참나무

하지만 참나무 그늘에서 쉬면
얼마나 시원한지 모릅니다
나무에 수액이 많아서인지요

구멍마다 사슴벌레가 살고
매미가 오르락내리락 하고
새들이 집지어 새끼를 키웁니다

다른 나무보다 많은 곤충이 살고요
열매는 식용으로 쓰지요

참나무 아저씨
벌레들이 너무 많이 오거든
다른 나무에도 가 보라구
부탁 좀 하시지요

코스모스

밤비가 내리더니
훌쩍 커 버린 코스모스 모종

심지도 않았는데
작년 꽃 핀 자리에서
코스모스 모종이 소복이 나왔다

그토록 해맑던 모습으로
가슴 설레게 했던 꽃
추억길을 가듯 나를 머물게 했던
아픔을 남겼던 꽃

바라만 봐도 좋아지는
꽃을 생각하며
오솔길 끝까지 모종을
옮겨 심어 놓는다

37

서울을 떠나가

소나무

언덕 비탈진 공원에
소나무 한 그루 서 있다

모든 나무들은 필요한 곳에
그늘을 만들어 사람을 모으고
잎을 가꾸어 쉼터로 만들었다

나무야 나무야 소나무야
아무도 네 곁에 오는 이 없이
존재조차 모르는구나

소나무는 가지를 흔들어댄다
내가 없으면 이곳이 허전하고
다른 나무도 존재하지 않는 거야

그래 소나무야
네가 없다면 모든 나무가 없다면
어이 할 뻔했으랴

나는 어쩌지

세상에 필요 없이 남아가듯
나로부터 멀어져만 가는구나

한 무리 새떼가 소나무 가지에
날아가 앉는다

사랑비

사랑은 빗물일까

사랑이 시작되는 날
가슴엔 이슬비가 내리고
사랑이 무르익으면
안개비가 내린다

좋아하고 사랑하면
여우비가 내리고
사랑하다 티격태격하면
소낙비가 쏟아진다

이별이 가까우면
가랑비가 내리고
이별 뒤엔 온몸에
장맛비가 쏟아진다

그리고 남는 것
비가 올라치면 온몸이 쑤시고
밤이 되면 더하는
사랑비가 내린다

돌담길

돌담 담쟁이 넝쿨이
붉게 물들었다

노랗게 물든 은행잎을 밟아가며
가슴으로 대화하고
손으로 체온을 느낀다

비로소 너를 안고
떨어지는 은행잎이 따스한 줄 알았다

예전 그 길엔
담쟁이 넝쿨이 무성해
사방을 바라본다

우리가 걷던 그 길은
낯선 거리같이 느껴진다
꿈에서 보았을까

모르는 연인들이 지나친다
그들도 이별 연습을 하는 걸까

동해

동해야 동해야
한반도 동쪽을 안고
울릉도 독도를 품었구나

갈매기 날으고
바닷새 높이 떠올라
동해를 지키고
동해 어부 그물엔
오징어 명태 가재미가
가득하다

일렁이는 파도
독도 끝 저 멀리 바다에
붉은 해가 떠올라
예부터 우릴 해 뜨는 나라라 했지
그것은 신라 훨씬 이전인
고조선 때부터였으리라

독도 등대 반짝이며
일본 사람들 헛소리 말란다
한국 땅이라 반짝인다

비 내리는 날

비 내리는 날
화분 하나 창밖에서
비를 맞는다

몽울졌던 꽃을 피워놓고
덩그러니 비를 맞는데
왜 처량해 보일까

햇볕만 쪼이면
말라 죽을 텐데
어쩌란 말이냐

울밑 감은 꽃 속에
벌 나비 지천으로 날아드는
그런 꽃이고 싶어서일까

아무리 바라봐도 애처로워
불쑥 울밑에
옮겨 심어 놓았다

목련

화사한 여인 같은
성숙한 아름다움으로
꽃잎마다 뽀얀 미소 지으며

순결한 몸짓은 신비한 나래로
사랑스러움이 물씬 풍겨난다

바라만 봐도
붉어지는 가슴으로 다시 보면

아~ 봄이구나
불쑥 완연한 봄이다

친구에게

오목눈이새는 딸기나무에 집 짓고
촉새는 가시덤불에 집 짓네
나는 어이 집 지을거나

백로처럼 까치처럼 집 지어
사방 멀리 높은 데서 지켜볼거나
비둘기 되어 산속에 집 지어
대문 닫고 오래도록 살거나

옳거니 초가집 지어 놓고 살아야겠네
아궁이에 군불 지펴 놓고
아랫목에 요 깔고 누우면
내 몸 쉽게 좋아질 거야
황토 내음에 밤낮으로
새가 울어주고 산 냄새 풀 향기
부끄럽지 않겠지 건강하시게나
친구야

나를 잊지 마세요

강둑을 지날 때마다
하얗게 피어 있는
물망초 군락지를 봅니다

자전거를 타고 달리면
꽃잎이 바람에 흔들려
내 품에 안기우듯 합니다

힘이 들 때도
초라하게 생각될 때도
흐르는 강물을 바라보며
다시 달려가는 물망초길

물망초 꽃은 언제나
소중한 걸 일깨우는 아우성으로
나를 몰고 갑니다

오늘도 강둑길을
자전거 타고 달려 갑니다

꽃은 저리도 많이 피어있군요
나를 잊지 마세요

클로버

뒷동산 언덕에
클로버가 나 있습니다
주위엔 벌 나비가 떼지어
날아다니지요

클로버는 세 잎인데
간혹 네 잎이 있어
네 잎을 찾으면 행운을 찾는다 하여
네잎클로버를 찾곤 했지요

알고 보니 세 잎은 행복이고
네 잎은 행운이라 합니다
행복을 밟고 행운을 찾는다 하면
얼마나 큰 모순이겠는지요

장에 간 엄마를 기다리며
하얀 꽃술 꿰어 반지 만들어
누이에게 걸어주던 시절

먼 옛날같이

이성섭 제2시집

그때 그 자리에
클로버가 소복이 나 있습니다
그리움이 솟아 오릅니다

노랑나비

노란 꽃밭의 노랑나비
아가가 살며시 나비 날개에
손가락을 대어봅니다

노랑나비 노란 날개 활짝 펴
훌쩍 날아갑니다
아이가 울고 있네요

나비야
우는 아이 두고 어데 가니
나비가 꽃 사이를 날아갑니다

노란 꽃이 일렁입니다
울던 아이 멍하니
나비를 바라봅니다

아이 눈엔
저 꽃밭이
나비나라 꿈나라겠지요

방긋방긋 웃는 아기
꽃 사이로 가
먼 꿈나라 여행하지요

국화

찬바람 불어예고
무서리 내려
이제사 꽃을 피웠구나

묵직한 향기로
마지막까지 내게 남아준
연인 같은 꽃이여

아름다워 쓸쓸한 꽃으로
사랑조차 연민에 겨워
꽃 속에 잠든 나비처럼
이 몸 꽃을 어이 하랴

향기로 나를 깨워라
아— 국화 좋구나
비로소 나를 느끼어
괜찮냐고 묻는다면

언제까지나 국화로
남아 달라 하리라

사랑 이야기

별 그리고 사랑 이야기 · 1

별이 총총히 뜬 밤
조각달은 검은 하늘 바다를 가고
밤새는 소리 높여 울어댄다

오늘따라 기대선
너의 어깨가 떨림을 느낀다
어쩜 이제 헤어져야 할 것 같은
예감이 들어
나를 두렵게 만든다

너의 두 눈에 별이 반짝이며
별이 떨어진다
하나, 둘, 셋
그리고 고개 숙인 너는
떨어지는 별을 어디에다 감추었을까

무엇이 너를 슬프게 하니
저 많은 별들 속에
묻어 버린 너의 언어는
북녘 성처럼 멀기만 하구나

이성섭 제2시집

저 먼 곳 북녘 성 사이로
별이 흐르듯
내 마음 속에서도 별이 흐른다

슬픔도 사랑이란 걸 알았다
그녀 가족이 캐나다로 이민 가던 날
떠오르던 그 별이 다시 떠오른다
유성이 지면 다시 별이 될 수 없듯이
우리의 사랑도 이젠 저물런가
울어라 밤새야
흘러라 유성아

별이 뜰 때마다 거기
습관처럼 별을 보는 내가 있다

별 그리고 사랑 이야기 · 2

꽃이 좋아
유성 되어 꽃이 된 별
저렇게 흐르는 별은
어느 곳 무슨 꽃이 되었을까

별아 흐르거라
가끔 내가 앉는 그곳에
꽃을 피워라

이제는 잊혀져 가는
너와의 꿈들
지는 별 꽃 되어
네 곁으로 간다

너를 품고
별을 바라보는 꽃 되어
남김없이 피워 보리라
너와의 사랑을······

별 그리고 사랑 이야기 · 3

별이 내려앉은 호숫가를
걷는 연인이 되어
별들 속에 묻혀 보누나

호수에 산 오리 한 마리
부리로 호수에 내린 별을
쪼으며 별들 속으로 간다

저 새는 별을 먹고 있나 봐
아닐 거야 아마 꿈을 먹고 있겠지
그래 별 속엔 꿈이 가득하거든

벤치에 앉아 내 어깨 위에
머리 기댄 너는 눈감고
아마 별을 먹고 있겠지

어느 별을 먹고 있을까
네 먹는 별을 보고
내 꿈을 보낸다

별 그리고 사랑 이야기 · 4

별이 뜨는 언덕에 우리가 있다
우린 이별을 위해 만나고 있지

네가 울고 있니
별이 울고 있니
네 눈 속에 별이 젖어
네 곁에 있는 나도 울고 있단다

만나고 헤어짐은 아쉽지만
기약 없는 이별은 또
어쩌란 말이냐

차라리 그 먼 곳에 널 보는 별 되어
보일 듯 말 듯 숨어 버리는
이름 없는 별이 되고파라

별이 뜨는 날이면 날마다
네 창가에 떠오르는
작은 별이 되리라

깜빡깜빡 별이 운다

용서

내게 오는 괴로움
아픔 되어 돌아온다 해도
미움이여 좀 더 관용하자

미운 자가 슬픔에 빠지면
또한 괴롭지 않을까
결국 아무 의미도 없이
마음만 상처 질 걸

그래서 모두 용서 된다면
한평생을 괴로워하지 않으리라

주님 언제나 용서할
기회를 주옵소서

사랑

사랑을 하려 하는데
사랑이 자꾸 도망치네
좇아가면 더 멀어지고
뒤돌아보아도 없네

울기도 많이 울고
괴로워도 했네
그래도 사랑해야지
그마저 없다면 전부를 잃는 거겠지

사랑이 없다면 내게 머물 것은
아무것도 없을 거야

주님 제게 사랑이
가득하게 하옵소서

감자부인

깊은 산골 혼자 사는
감자부인이란다
감자꽃 피고 지면 감자 캐어
쪄 먹고 부쳐 먹고 지져 먹고
갈아서 먹는단다

어느 날 우르르 등산객 몰려와
생고기 건네며 요리해 달라는데
어쩔 것인가 당황하는 감자부인이구나
요리법 모르는 것도 잘못이더냐
"미안해요 나 이런 요리 모르네요
감자, 옥수수, 고구마 그런 것밖엔"

등산객들 손수 고기 구우니
지독한 누린내 진동하는구나
저것도 사람 먹는 거야
올챙이국수, 감자전 내놓으니
"와— 별미다 별미"
그제야 소리치는 서울 등산꾼들

들국화

저기 홀로 핀 들국화
퇴색되어 가는 늦가을 속에
너만의 들꽃이어라

간밤에 내린 서리가
햇살에 피어오르고
무너진 갈대 사이로
보랏빛 향기 벌을 부르는가

돌아갈 곳이 먼 이국처럼
방랑하여 헤매이는
남김없이 져버린 가슴에
들국화 한 송이 피워 놓고
겨울채비를 하는가

가을이 끝난 자리에
허무는 들국화로
비로소 센티해져 간다

이성섭 제2시집

소풍

웅덩이 안에 붕어가족
엄마붕어 아기붕어 데리고
물가로 소풍 나왔어요

물 텀벙
개구리 물가로 뛰어들자
깜짝 놀란 엄마붕어
아기붕어 데리고
물속으로 숨어요

엄마엄마
개구리 아저씨야
그래그래 놀랬구나

붕어가족
물풀 꽃그늘에서
싸가지고 온 도시락 먹지요

등산로

산 정상에 오르는 산길
산내음 물씬 내 전신으로
젖어온다

저기 홀로 선 바위같이
외롭고 고독한 길이기에
쉴 새 없이 발걸음 하는가

고통을 씻듯
잠자는 몸 구석구석 깨워
내 안에 있음을 느껴간다

새들이 노래하고 꽃이 피고
나무와 숲이 있어
내 숨을 고르련가

가다 뒤돌아보는 것은
행여 인생길을
뒤로 가는 건 아닐까

그곳이 정상일지라도
살아 숨 쉬는 한
산 정상을 향해 다시 오르리라

시골 풍경

앞산에 뻐꾸기, 꿩
뒷산에 비둘기, 꾀꼬리
보리밭에 촉새, 종달새
울타리에 참새, 까치

엄마 다듬이 방망이 소리에
노래하고 연주하면
잠자리 왈츠 춤추고
나비는 백조가 되고요
아가는 쌔근쌔근 잠을 자지요

이성섭 제2시집

잡초

며칠 전에 뽑은 잡초 자리에
잡초가 또 나왔다
뽑아도 뽑아도 다시 나는 잡초
생명력이 그저 놀랍다

나무를 심어도 풀씨를 뿌려도
살지 못하고 죽는 땅
행여 몇 그루 살릴까
나무 심고 또 심는 나라가 있다

심지도 않았는데 생긴 잡초
물을 가두고 정화시키는 잡초
흙먼지도 모래 바람도
잡초로 덮어 버린다

잡초 위에 노랗게 피어 있는
꽃 한 송이 나를 사로잡는다
하나님께서 주신 천혜의 땅
하나님 감사합니다

밤비 속에서 · 1

헤어짐보다 이별이 더
어렵다는 걸 깨달은 건
그리 오랜 시간이 아니었다

돌아가기엔 우린
너무 멀리 온 것은 아닐까
바보처럼 운다

온몸에 힘이 다 빠지고
축 늘어져 버린 시각
밖엔 비가 몹시 내린다

빗물에 젖어가는 마음이
어쩜 빗속을 하염없이 걷고픈
바람은 아니었을까

소주잔 기울이고
가로등 앞에 서서 자학하며
생각나는 말 '미안해' 였으리라

하지만 움직일 수 없는
무력감에 눈 뜨고
창밖의 빗소리 듣는다

아직도 마음은 빗속을 가건만
비가 그칠 기색 없다
밤새워 비 오는 꿈마저 꾼다

밤비 속에서 · 2

젖은 바짓가랑이를 털고
낯익은 곳으로 들어간다
후드득 후드득
곤장을 때리는 빗소리가 가득하다

시키지도 않았는데 잘 먹던
해물전과 막걸리가 나왔다
오늘은 왜 혼자슈
비로소 옆자리가 비어 있음을 느낀다

연인들이 지나친다
저들은 어떤 이별을 만들려
저리 정다울까
모두 이별여행 연습같이 보인다

긴 꿈에서 깨인 듯 여운이 남고
마음이 스산해지는데
위로 받을 곳 없다
턱 괴어 빗소리를 듣는다

동백섬

파란 하늘 푸른 바다
동그란 섬 높은 절벽
수평선 너머에서 파도가 밀려오고
갈매기 자욱이 날갯짓한다

세상이 온통 푸르러도
동백만이 발갛게 물들어
모습 아름다워
갈매기 모여들고 파도를 모으는가

넓은 바다가 보이는 절벽 위에
꽃을 피운 동백은
마음껏 바다를 보고 싶었나 보다

점점이 늘어선 무인도
날으는 갈매기
붉은 동백꽃
볼수록 아름다운 무언의 표현들

동백섬을 바라보며
역동하는 가슴을 잠재운다

갈대

하얗게 비비대며
손을 흔드는 아우성들
아무것도 가진 것 없어
모여모여 나부낍니다

줄줄이 딸린 식구
먹여 살리기 힘이 들어

선심 쓰는 듯 흡혈하는 사람들
공정한 사회를 이루어 달라
갈대는 소리칩니다

몇 푼 떼어먹고 웃는 자들이여
갈대는 피가 마른다오
바람 불어 쓰러질 듯 쓰러질 듯
서로 기대어 버텨 섰습니다

외나무다리

봄날

물가에 개구리
떼지어 나왔다가
논가에 아저씨 소몰이하는
'이랴' 소리에
놀란 개구리 퐁당퐁당
물속으로 뛰어들고
제비들 흙 모아 물어 나르고
아이들 떼지어 개울가로 몰려가고
물오른 봄처녀
냇가에서 빨래하면
심술꾼 총각이
막대기로 물살 일구어
처녀들 가슴을 뒤흔들어 놓는다

창조

누가 조각했을까
저 웅장하고 아름다운 산을
누가 그려 놓았을까
숲과 나무와 꽃들을
화려한 조각 위에 자연스레
명화를 펼쳐놓았구나

그 산이 좋아 산에 가고
물이 좋아 향기 맞으며
새가 좋아 노래 소리 듣고
내 마음 둘 곳 없어
산 너머 산
코발트 빛 저 먼 데까지
소리쳐 님을 부른다

하나님 감사합니다

서울 나들이

서울 사람들은 뭘 먹고 사나
한 집 건너 음식점 옷가게 술집
그 속에서 장사가 될까

서울 사람들 잠도 안 자나
도로에 인도에 꽉 찬 사람들
그래도 잠잘 곳은 있나 보다

서울 사람들 볼 일도 안 보나
화장실마다 꼭꼭 잠가놓고
인내심이 보통 아니다

서울 갔다 온 촌놈
옷 벗어 팽개치고
우물가에서 목욕중이다

소변 참지 못해
골목길에서 노상방뇨하다
뚱보아줌마 호통에 놀라
바지에 오줌을 지렸기 때문이다

시골이 좋긴 좋구나
대소변 적당히 보면 되고
옷에다 신경 안 쓰고 물도 공짜다

새가 노래해 심심치 않고
꽃이 만발해 즐거웁고
머루 다래 산딸기가 지천이다

촌놈 서울 갔다 와
한동안 얼빠져 있다가
이제사 한숨 돌린다

오리가족

오리가 뒤뚱뒤뚱
새끼오리 데리고 들꽃 사이를 돌아
하얀 갈대밭 길을 갑니다

나무 위에서 깍깍 짖던 까치
깍깍 아줌마 어데 가요 깍깍
꽥꽥 이웃 호수로 놀러 가요 꽥꽥

일렬로 쫓아오던 새끼오리들
가던 길 멈추고 신기한 듯
달팽이를 바라봅니다

꽥꽥 애들과 빨리 가자 꽥꽥
언제 배웠는지 꽥꽥하면
엄마오리 새끼오리 다 알아듣지요

외출 좋아하는 오리 아줌마
가로막힌 숲길 뻥 뚫어놨지요

산골 처녀

산골 외딴집
온 담이 찔레꽃
새들의 날갯짓 바람에
향기 퍼지면
산골 처녀
뜻 모를 가슴이 두근두근

누군가 올 것 같아
검정 치마 여미고
찔레꽃가로 숨어
가만히 귀 기울여
봄소리 엿듣는다

매화

다시는 소생 못할
죽음 같은 깊은 잠에서 깨인 듯
눈을 뜨고 화장을 하고
옷 갈아입고
모두 앞에 펼쳐 놓는다

만개하기 바쁘게
남김없이 져 버린 순간
순간은 낙화가 되어도
아름답기만 하다
고운 빛 여미어 소진될 때까지
꽃이어라

찬바람 불어대도
맨 처음 꽃으로 오는 매화여!

튤립

푸른 드레스 속에 발갛게 물든 얼굴
갓 피어난 순수하고 청아한 모습
공주가 길게 늘어선 근위대를 사열한다

백마들이 이끄는 마차 타고
부끄러이 손을 흔드는 소녀
사랑해요 사랑합니다 공주님
열광하는 시민 두고
이웃나라 필립왕자 만나러
마차는 출발한다

너무도 예쁘고 아름다워
신은 튤립 공주를 꽃으로
만들어 그곳에
영원히 머물게 했다

기도

이 세상에 둘도 없는 저로 태어나
제가 되었습니다
세상 모두가 저를 욕해도
저를 잘 아는 저이기에 용서가 되고
그래도 저는 저를 사랑합니다
수도 없는 시련 속에서도
견디는 것은 용서와 사랑 때문이겠지요
이제 하나둘 잊혀져 가는 나를 뒤돌아봅니다
잘한 일 없이 잘못한 것이 더 많은 걸 기억합니다
저로서도 용서가 되지 않는 일도 많습니다
모두 용서하옵시고
좌절의 늪에서 건져 주시고
사랑을 잃지 않게 하옵소서
당신의 은혜 속에서 당당히
살아갈 수 있도록 하옵시고
조금은 행복한 사람이라 생각 들게 하옵소서
나의 예수이시여

장미꽃

오!아름다운 장미여
너는 아름다움을 표현하기 위해
피어난 꽃이어라

피보다 더 붉은 꽃잎 속에
지워지지 않는 향수를 담았구나

너무 아름다워
무차별 남획하는 자
가시로 응징하고

그윽한 향기로
사랑을 일깨워
사랑이 이루어지게 하누나

장미꽃 보며
잠자던 내 붉은 정열이
비로소 소생한다

종이배

냇가에 종이배 하나 띄워놓고 바라봅니다

배야 종이배야
큰 배 되어 캐나다 어느 해변가
그곳에 있는 님께 전해라
사랑한다고

배는 천천히 갈 것입니다
강을 지나 바다 건너
캐나다 어느 해변가에서
님 바닷가를 걷다
고향 냄새 물씬 풍기는
종이배를 펴볼 것입니다

그 종이엔
'사랑합니다 Young'
선명하게 적힌 글씨체 보고
님은 더욱 그리워하고
고향으로 가고 싶어 할 것입니다

마침내 울며 고향으로
올지 모르겠습니다
세월이 흘러
이제 그녀는 먼 추억 속에
남겨졌습니다

그 종이배는 지금 어디쯤 가고 있을까
행여 종이배 그녀에게 전해질까
작은 소망이 아직도 남아있습니다

서울을떠나가

감나무

초가삼간 뒤뜰에 감나무 한 그루
빈집 되어 버린 곳에
덩그러니 홀로 집을 지키고 있습니다

감은 잎을 다 떨구어야
감 맛이 난다는 아비말씀
적게 달려도 많이 달려도
올핸 감이 풍년이구나
늘 만족하시던 아비

감을 딸 땐 몇 알 남겨두고
챙겨 따던 아비 말씀
그건 새 먹이란다

이제 감이 저리도 많이 달렸는데
딸 사람 없이 홍시가 다 되어갑니다

아버지 보고 싶습니다
감을 한 자루 따다
도시에 사는 사람들에게 전해 주고

● 이성섭 제2시집

아이들에게도 건네줍니다

당신이 그랬던 것처럼……

서울을 떠나다

외나무다리

윗마을 아랫마을을 가로지르는 개울가
나무로 만든 다리 건너
아랫마을 순이 만나
윗마을로 함께 오던 외나무다리

물이 차오르면
다리에 앉아 손을 씻고
얼굴도 씻을 수 있는
물속이 훤히 보이는 다리는
우리들 만남의 장소였지요

별이 총총 뜬 밤
다리에 다리를 걸쳐놓고 앉아
물속의 별을 들여다보며
사랑이 뭔지 알았고
너와의 체온 속에
눈 감았던 외나무다리

지금 그 다리는 없어지고
시멘트 다리가 자리했습니다만

외나무다리의 우리를 기억해 봅니다
생각만 해도 보고 싶고 그리워지는
그 순수했던 사랑

외나무다리는 내 마음 속에
지워지지 않는 그림으로
남아있습니다

서울을 떠나자

선생님

학교 교훈이 정직, 근면, 성실
글씨 보니 50여 년이 지났어도
교무실 앞 그 자리에 있습니다

제가 잘못했을 때
종아리를 때려주시고
올바른 길 가지 않을 때
타일러주셨던 선생님

스스로 깨닫고 스스로 해결해야 할
이 야박한 세상 속에서
이 늙은 제자 이제사
선생님 가르침이 사무치게 그립습니다

이제 뵙고 싶어도
뵐 수 없는 그 먼 곳 어디로 가셨나요
수많은 제자 바람도 무색하게
먼 곳으로 가셨는지요

어느 누가 선생님 되어

이 늙은 제자를 가르쳐야 합니까
다시 태어나도 선생님 제자 되어
선생님 뜻 따르겠습니다

— 영정 앞에서

서울 개구리

눈이 툭 불거져 왕눈이
일명 개구리다

오늘도 공원으로 출근하자마자
몇몇 사람들 앞에서 열변을 토한다
어디 가면 뭘 주고
돈은 얼마 주며
무료 급식소에선 반찬이 무엇인지
신기할 정도로 잘 안다
옷은 사 입은 적 없고
신발 치약 칫솔 비누 휴지 모두 다
얻어 쓰고 남으면 팔아먹는다

이미 그는 그 방면에선 해탈이다
왜 그리 사냐고 아무도 묻지 않는다
그리 살아야만 살아남기 때문이다
각박한 세상에서 커피 한잔
얻어 마시려면 체면은
안중에도 없다는 게 개구리 철학이다

이 사회가 어쩌다 이리 됐을까
보이지 않는 곳에 어둠이 있다는 것
이 사회는 인정하지 않는다
늙고 병든 사람은 또 어쩌란 말이냐
좀 더 불을 밝혀 어두운 곳을 보자

빗속의 연인

비가 오고
우리가 만나 빗속을 간다
퉁퉁퉁 우산 속 우리 말들이
새어나가지 않아 좋고
우리 모습 우산으로 가리어
밖에선 볼 수 없어 좋다

소중하기 때문에 우리만이
간직하고픈 사랑
너와의 대화는 우리가 되고
내 모습 너만 볼 수 있게
네게 자유를 준다

내리는 빗속에서
너를 안아도 아무도 모르고
너를 가까이 볼 수 있어
너와의 존재를 확인하고
구속치 않는 사람을 느낀다

장난스런 우리에서

이성섭 제2시집

성숙한 우리가 되어
연인으로 가는 빗속
무지갯빛 사랑을 그려본다

서울을 떠나자

일과표

새는 시인일까 음악가일까
아님 잔소리꾼일까

시로 들으면 시로 들리고
음악으로 들으면 음악소리로 들리고
시끄럽게 생각되면 잔소리로 들린다

나는 알고 있다
내 마음에 존재하는 사고력이
나를 지배하고 있다는 것을

살아가며 듣는 말들을
시로 듣고 음악소리로 들어
나로부터 해방되어
자유롭게 살아가야 한다는 것을

그것이 오늘의 시작이며 일과다

5

고향집

꽃집 아가씨

소박한 아름다움
긴 머리 하얀 운동화
꽃을 한 아름 이고 가는 아가씨

장미, 국화, 안개꽃 다발이
머리 위에서 춤을 춘다

자욱한 안개꽃 속에 장미 국화는
이를 닮았구나

매일 꽃과 함께 해도
내 한 송이 장미를
기쁘게 받아주는 너는
향수보다 진한 꽃향기가 난다

누군가에게 기쁨을 주고 싶어
꽃을 정성껏 다듬는 너는
꽃집 아가씨
예쁜 꽃집 아가씨다

칸나꽃 · 1

궁상맞은 비는 아침부터 내리고
복스런 칸나꽃은 피어나고

빗속에 칸나 푸른 잎 속에
붉은 빛 해맑음이 웃는 듯 우는 듯
청순하기만 하여라

칸나꽃 꺾어 드릴 님 가고 없고
칸나꽃 곱게도 피어 있고

칸나꽃아 차라리 울어라
고운 꽃잎 속에 눈물처럼 송글송글
빗물로 채워 예전처럼
내 마음도 젖게 하려무나

궁상맞은 비는 하루 종일 내리고
마루에 걸터앉은 나는
하염없이 칸나꽃을 바라본다

칸나꽃 · 2

하염없이 내리는 빗속에
그녀가 서 있다
붉은 빛 해맑게 비를 맞고 서 있다

선뜻 내게 오지 못한 너
나도 네 곁에 가지 못하고
바라만보고 있구나!

무겁게 앉아있는 느티나무는
아직도 누굴 기다리듯
빈 의자를 내어놓고

연인은 말이 없고
빗소리만 가득한데
너는 해맑게 웃고 있어라

한 발 두 발 조심스레 다가가면
연인 간 곳 없고
칸나꽃 곱게 피어 빗속에 서 있다

분수

한나절 밭에서 일한 농부
피곤한 몸 갯둑 미루나무 그늘에서
배를 내놓고 잠이 듭니다

지나던 개미
이크 웬 큰 먹이야
집으로 가져가야지

물고 당기지만
어림도 없습니다
안 되겠다 나눠 가져가야지

기름기 많은 배를 무는 순간
앗 따거
솥뚜껑 같은 손바닥으로
배를 찰싹 때립니다

즉사한 개미
주위를 어슬렁거리던 사마귀
개미 물고 날아갑니다

장고개

장터 가는 고갯마루
꼬불꼬불 산길
길 가운데 듬성듬성 잔디가 나 있고
꽃내음 나무내음 산내음이
가득한 장터길

장보고 신길 돌아돌아
산마루에 앉아보면
옹기종기 먼 마을이 보이고
실개천까지 훤히 보이는 곳

굴뚝에선 흰 연기가 나고
지붕엔 고추가 발갛게 널려 있고
참새들 우르르 몰려 날아가고
아이들 떼지어 노는 모습도 보이는 곳

이젠 시장가는 큰길이 뚫리어
몇몇 사람들만이 다니는 길
장터 길은 서서히 풀로 덮여 갑니다
추억을 남긴 채……

불청객

할아버지께서 노환으로 돌아가셨다
한겨울인데도 노인 성품처럼
따뜻한 겨울 날씨다

아들이 곡을 하고
딸들이 울어대고
나무 울타리 참새들도 재잘대고

아유 저놈의 참새들 왜 그리 시끄러워
놔둬라 누이야 그들도 우는지 모르잖니
먹이를 뿌려주렴
문상객을 대접하는 게 옳지 않겠니

날아가는 참새들이여!
상여 떠나는 날 다시 날아와
술 찌기미도 먹고 같이 울어주고
가는 이 명복을 빌자꾸나

겨울 철새

낙엽이 우수수 지고
찬바람이 불어옵니다
철새들은 모두 떠나고
빈 가을만 남았습니다

어! 저 새는 뭐야
아직도 떠나지 못한 제비
한 쌍이 있군요

제비는 날개가 부러져
날지 못하고 둥지에 남아 있습니다

제비 한 마리
다친 새에게 먹이를 물어다
먹여 주고 있습니다

붕대 감아 둥지 만들어
빈 방에다 넣어주었습니다
먹이 나르던 제비도 빈 방으로 옵니다

그래 추운 겨울을 같이 나자꾸나
귀뚜라미 사다 먹이고
봄을 기다립니다

어느덧 봄은 오고
다친 새도 날아다니는군요
처마 밑에 앉아 지지배배 노래합니다

얼마 후 제비들은 둥지를
새로 틀기 시작했습니다

제비야 고맙단 말 마라
나도 너희에게
깊은 감명을 받았단다

안개꽃

꽃이 모여 꽃이 되고
자욱한 꽃 모음이
온통 안개꽃이어라

벌 나비 길을 가다
안개꽃 속에 묻혀
길을 잃어 버리고

무심코 내려앉은 새는
놀라 하늘 높이 떠오른다

장미꽃도 국화꽃도
안개꽃 없인
주연이 될 수 없고

백합꽃도 안개꽃 없인
아름다운 꽃다발이 될 수 없다

완벽한 연출을 위해
자욱이 모인
빛나는 조연이여!

이성섭 제2시집

꽃비

송글송글 떼구르르 구르고
보슬보슬 맺혀 퐁퐁퐁 떨어지고
살며시 내려앉아 스며들고
가만히 다가와 초록초록 빛나고
조용 조용히 붉게 물들고
어렴풋이 비치우고
아련히 떠오르는 비

오후 한나절 내내
꽃비가 내린다

가을을 보내면서

항상 곁에만 있을 줄 알았습니다

파란 하늘 가을꽃들 단풍진 공원
낙엽진 가로수
가을 속에 묻혀 낙엽을 밟으며 사색하고
우연히 만난 여인 사랑하고 미워하고
그리 머물렀던 가을이 서서히
사라져 가고 있습니다

몸살을 앓았던 가을 속에
남은 건 허탈감입니다
하나둘 제자리로 돌아가고
가을은 저만치에 있습니다
이제 겨울 채비를 해야겠지요
스잔한 바람이 불어옵니다

이성섭 제2시집

첫사랑

덜컹덜컹
비포장도로에 버스가 선다
긴 머리 하얀 종아리 소녀가
버스에서 내렸다

옆집으로 온 소녀는
동산에 올라 내게 물었다
이 꽃 저 꽃들은 이름이 뭐야

그 꽃은 바람꽃 제비꽃 들국화
이 나무는 소나무 오리나무 참나무야
갈대 옆의 나무는 사시나무라
만지면 떨지

너는 아는 게 많구나
나는 아는 게 더 있나 궁리한다
저 새는 촉새 까치고
저렇게 우는 건 꿩이란다

버스 타는 소녀에게

밤송이를 가지째 꺾어주었다
고맙다는 말 잊지 않는 소녀
손을 흔들어준다

몇 년이 지난 뒤
그때처럼 덜컹덜컹 버스가 온다
소녀가 한결 성숙한 모습으로
버스에서 내렸다

소녀를 다시 만나
그동안 알아두었던
피나무 측백나무
할미새 종달새를 가르쳐 주었다

흥미를 잃은 소녀
수심 가득 찬 얼굴에
금방 울 것만 같은 두려움이
두 눈에 가득하다

소녀는 말했다

이성섭 제2시집

아빠와 사업관계로
캐나다로 이민 가게 되었다고
이별보다 더 두려운 건
허탈감이었으리라

덜컹덜컹 버스가 온다
소녀는 없다

배꽃

배꽃이 무수히 떨어져 휘날린다
하얀 꽃잎 떨어질 때마다
꽃은 간 곳 없고
눈꽃이 소복소복 쌓인다

다시 보면 예쁜 배꽃 되니
지적인 아름다움이 넘쳐나고
사랑받기보단
사랑하기 위하여 꽃을 피운다

고고한 꽃잎에
굽힐 줄 모르는 연약한
아름다움이여!

꽃잎 져야 열매를 맺는
숭고한 희생
수줍은 듯 꽃잎 떨어진다

— 이대 앞에서

종꽃

종을 울리고파 꽃이 되었나
얼마나 억울했기에
말도 못하고 넋이 되어
꽃으로 태어났을까

울지 않아도 울리고
보이지 않아도 보이는
그 억울하고 슬픈 마음
몸으로 태어나 종을 울린다

저리 많은 종꽃 앞에
누가 감히 비리를 저지르겠는가
무음의 종소리 울려 퍼진다

벌들의 전쟁

대여섯 개의 벌통에서
꿀벌들이 떼지어 날아가고 날아온다

이때 갑자기 큰 말벌이 나타났다
웅성거리는 꿀벌들
말벌은 큰 송곳니를 내밀며
사정없이 꿀벌들을 공격한다

114

순식간에 10여 마리가
말벌 송곳니에 머리가 잘려 나간다
그러자 꿀벌 수백 마리가 떼지어 나와
말벌을 에워싸고 덮친다
얼마 후 꿀벌들이 날아간 자리엔
말벌이 질식해 죽어 있었다

참으로 이상한 전쟁이다
몇 마리 죽이고 죽어야 하는
이유를 모르겠으며
굳이 싸워야 할 계기도 없고
목적도 없으리라

하지만 인간들은 어떠하던가
끊임없이 테러를 하고 계획하며
살인하여 스스로 허물어져 버리는
어이없는 것을 어이하랴
평생을 죄의식에 사로잡혀
환청 환각 속에 살아가리라

좀 더 관용하자
좀 더 사랑하자
그리고 협상하자

그 속에 길이 있고
타협이 있으리라
결과는 예전보다 더 평화로우리라

이별을 위한 준비

날아가는 철새는 뒤돌아보지 않고
영영 이별하듯 떠난다
텅 빈 하늘 속
얼마 남지 않은 잎새가
바람에 흔들거리고
모두 떠나야 할 숙명처럼
모습을 감춰 버린다
목청껏 울어대던 벌레들도
활짝 피었던 꽃들마저
모두 떠나 버리고
문득 홀로 남아 있는 나를 느낀다
마지막 남은 가을을 찾아
나는 떠나야 한다
그마저 보내버리는 날
찬란한 이별을 위해
사라져 버린 가을 속에서
Young!
너마저 추억으로 남기려 한다

이성섭 제2시집

고향집

빌딩 숲을 빠져 나와
도로를 쌩쌩 달리다 보면
펼쳐지는 전원
시골 내음이 풍겨나고

도로를 벗어나
좁은 길을 흔들흔들 가면
산과 들이 나와
산골 내음이 나고

좁은 길을 돌아돌아
산길로 덜컹덜컹 가면
산 밑에 오막살이집 한 채
세상에서 제일 편한 내 집입니다

후회

비 개인 오후
공원으로 모두 나와 햇볕 샤워중이다

잔디밭엔 빗속에서 말끔해진
장미가 만발하다

한 아이가 잔디밭에 뛰어들어가
장미꽃을 꺾어든다
놀란 아이 엄마
손에 가시가 없나 살핀다
아이는 꽃을 들고 사방으로 뛰어다니다가
꽃을 팽개쳐 버린다

좋아라 하는 아이 엄마
노는 모습 귀여워 박수까지 친다

아주머니!
아이가 커서 자유를 모르는 자유인 되어
자연을 파괴하고
사회에 적응 못하는 거친 사람 되면

어쩌려고 좋아만 하십니까

자연을 사랑하고
질서를 존중하는 사람만이
사회가 필요로 하는 사람이겠구요
그 속에서 더불어 살아가는 사람이
성공한 사람이 될 것입니다

쓸쓸한 미소
이제사 알아버린 질서
그 속에 사랑이 없다는 걸 알았다
내 삶을 뒤돌아본다

그녀에게

나를 사랑하지 마라
철없는 여인아!
사랑을 몰랐을 때
가장 아름다운 사랑을 한다는 걸 아는가
벌레 먹은 장미에게 흥미를 가졌다가도
시들면 금방 싫증나는 게 사랑이란다
초라하게 남아 있는 것마저 묻어버릴
철없는 사랑은 받아줄 여유도 없고
사회마저 용납하지 않는단다
하지만 나도 푸르고 싶단다
남자가 아닌 젊음으로
세상 속을 당당히 서고 싶단다
용기도 힘도 소진되어 버린
이제 뒤돌아보며 살아야 할 나를
잘 알고 있기 때문이다
소중한 젊음이 가기 전에 너를 찾아라

서정미 넘치는 진실 추구의 새타이어와 유머

— 이성섭 제2시집 《서울을 떠나자》의 시세계

홍윤기

일본센슈대학 대학원 국문학과 문학박사(시문학)

국제뇌교육종합대학원대학교 국학과 석좌교수(현)

한국문인협회 고문(현) · 국제펜클럽 한국본부 고문(현)

121

누구나 다 시인이 될 수 있다. 그러나 그 시인이 무엇을 새롭게 쓰느냐가 관건이다. 이성섭 시인은 시인의 자질을 타고 났기에 앞으로 노력이 클수록 더 많은 독자를 그의 시세계로 이끌면서 보람을 누릴 것이라는 확신 속에 작품 해설을 맡는다. 시는 아무리 잘 써도 그 시의 콘텐츠를 제대로 풀어서 독자에게 전달하지 못하면 그 시의 생명은 그것으로 끝나는 바 시인이 생명력 있는 시를 쓰도록 이끌어 줄 평론가는 꼭 있어야 할 듯싶다. 그래서 기꺼이 그 일을 맡았다. 왜냐하면 '서울을 떠나자' 고 외치는 이성섭 시인에게는 독자를 이끌 수 있는 그만의 독특한 시작법인 릴리컬한 새타이어와 유머가 있기 때문이다. 어쩌면 그것은 오늘의 시대가 가장 크게 요청하고 있는 테

마이기도 할 것이다. 즉 시를 우리는 논리적 설명으로써 풀려
하지 말고 이 사회를 응시하면서 마음 속에 떠오르는 존재감
만을 순수하게 시 콘텐츠로써 이미지화시킬 수 있다면 그것은
현대시가 추구하는 가장 성공적인 접근법이다.

　　이제 이성섭 시인의 여러 가지 유형의 반어적反語的 풍자로
묘사된 시적 표현법을 독자 여러분은 필자와 함께 감상해 주
기 바란다.

　　　　꾸부정한 산길 너머 저 쪽
　　　　초가집서 멀리 떨어진 작은 연못가
　　　　잠자리야 그대 참말 여유롭구나
　　　　헌데 너는 또 누구냐
　　　　대나무 긴 대로 세월 낚는 당신은

　　　　하얀 구름 하나 물속으로
　　　　살며시 고개 흔들며 스쳐가고
　　　　해질녘 물방개 심술궂게 파문 일구다
　　　　어디론가 자취 없이 사라질 때
　　　　묵직한 가방 챙기는 그대
　　　　낚시 바늘 끝엔 지렁이가 없구려
　　　　서울 낚시꾼아

　　　　　　　　　　　- 〈누구냐〉 전문

　　삶의 존재 가치에 대한 참다운 인식이라는 제재題材를 청신
한 이미지로 처리하는 솜씨가 좋다. 순수시의 가치는 군더더
기를 제거시키는 데서 형상화 된다. 시는 결코 산문적 논리가

아닌 감수성의 운문적 존재감 그 자체이다. 우리가 시에서 찾고 있는 것은 거기 쓰여진 것의 설명으로서의 미닝즈(의미)가 아니고 거기 쓰여져 있는 존재 감각 그 자체에 지나지 않는다. 쉽게 말하자면 서울을 떠나와서 허망하게 물속을 들여다보고 있는 낚시꾼이 아니라 이 사회에서 잘못을 저지르면서도 그것을 깨닫지 못하는 사람들에 대한 시인의 경종이 이 시로써 갈구하는 진정한 메시지이며 그 콘텐츠의 진한 의미가 아닌가 여겨진다. 특히 2연에서 "하얀 구름 하나 물속으로/ 살며시 고개 흔들며 스쳐가고/ 해질녘 물방개 심술궂게 파문 일구다/ 어디론가 자취 없이 사라질 때/ 묵직한 가방 챙기는 그대/ 낚시바늘 끝엔 지렁이가 없구려/ 서울 낚시꾼아"는 중국 고사에 등장하는 강태공의 일화를 연상시키거니와 사실은 우리 사회에서 아직도 제정신을 차리지 못하고 경거망동하는 자들에 대한 안타까운 메시지로서도 주목된다. 전편적으로 흐르고 있는 이성섭 시인의 시세계는 작품마다 반어적反語的 수사修辭 처리를 하고 있어 시니컬한 감흥을 불러일으키는 동시에 나름대로 신선하게 다가오는 것이 앞으로 큰 기대를 갖게 한다.

이 산중에 웬 목련이련가
뽀얀 꽃잎 바람에 일렁일 때
향기가 산내음과 함께
물씬 풍겨난다

그래도 목련은 혼자여서
꽃망울 땅 끝으로 귀 기울여
메아리 소리 듣는가

아 저곳이 정상이구나
가슴까지 스며든 향기로
숨을 토한다

온몸을 식히어
산목련 앞에서 바위 딛고
산 정상을 바라본다.

– 〈산목련〉 전문

〈산목련〉을 비롯하여 이성섭 시인이 시집《서울을 떠나자》에 담고 있는 시 전편의 내용을 개괄하자면 산행山行을 통한 삶의 진실을 각성하고 자연을 관조하는 시심詩心이 눈부신 서정미抒情美의 시업詩業으로써 알차게 형상화되고 있다고 평가하련다. 사실 필자는 의욕적인 리리시즘의 참다운 시詩운동을 주장하기에 오늘의 시가 '노래'가 아닌 '이야기'로 자꾸만 전락하고 있다는 것을 매우 유감스럽게 여겨왔다. 그러나 다소 생경스럽게도 이성섭 시인의 시편들이 서정과 삶의 진실을 올바로 파악하며 그만의 수사로 성실하게 작업됨으로써 '노래'로서의 문학적 콘텐츠를 훌륭하게 마련하였기에 바로 이 시집을 통해 그 형상화 된 서정미를 본다는 것이 무엇보다 기쁘다.

오프닝 메시지로부터 참신한 서정적 발상미發想美를 전개시키고 있는 화자는 산행 속에서 자연의 아름다움에 감동할 뿐 아니라 정상을 지향한 그 행로를 숨 가쁘게 답사하며, "그래도 목련은 혼자여서/ 꽃망울 땅 끝으로 귀 기울여/ 메아리 소리 듣는가// 아 저곳이 정상이구나/ 가슴까지 스며든 향기로/ 숨을 토한다// 온몸을 식히어/ 산목련 앞에서 바위 딛고/ 산 정상을 바라본다"(제2~4연)고 삶의 현장을 내면 깊이 투시하는 혜안慧眼으로 독자를 그의 상념의 아늑한 품으로 감싸안고 있다. 여기서 '정상'은 시인 스스로의 이상 추구에의 갈망을 가시권의 정적인 상태로 고정시키는 뛰어난 메타포로 제시함으로써 시인의 고결한 시정신이 빛나고 있다.

깊은 산골 혼자 사는
감자부인이란다
감자꽃 피고 지면 감자 캐어
쪄 먹고 부쳐 먹고 지져 먹고
갈아서 먹는단다

어느 날 우르르 등산객 몰려와
생고기 건네며 요리해 달라는데
어쩔 것인가 당황하는 감자부인이구나
요리법 모르는 것도 잘못이더냐
"미안해요 나 이런 요리 모르네요
감자, 옥수수, 고구마 그런 것밖엔"

등산객들 손수 고기 구우니
지독한 누린내 진동하는구나
저것도 사람 먹는 거야
올챙이국수, 감자전 내놓으니
"와― 별미다 별미"
그제야 소리치는 서울 등산꾼들

― 〈감자부인〉 전문

서울을 떠나자 •

〈감자부인〉이 제시하는 새타이어의 세계는 자못 통렬한 삶의 진실에 대한 사회적이며 역사적인 고발이다. "등산객들 손수 고기 구우니/ 지독한 누린내 진동하는구나/ 저것도 사람 먹는 거야/ 올챙이국수, 감자전 내놓으니/ "와— 별미다 별미"/ 그제야 소리치는 서울 등산꾼들"(마지막 연)이 보여주는 문학적 콘텐츠야말로 우리가 일상에서 무심코 지나치기 쉬운, 무언가 삶 속에서 반성할 것이 한두 가지가 아니라는 것을 깨닫게 해 주는 것이다.

이성섭 시인의 시에서 문득 떠오르는 것은 이미지즘 시운동을 갈파했던 미국의 저명한 지성파 시인 에즈라 파운드(Ezra Pound, 1885~1972)의 명언이다. 즉 "위대한 문학이란 가능한 최대한의 의미가 담겨진 충실한 언어에 있다"(《How to Read》, 1931)는 것. 시인에게 맡겨진 새로운 상상력이 담긴 충실한 의미를 포괄하는 시언어의 이미지 표현이 바로 에즈라 파운드의 요청이다. 그것은 지금까지 남이 쓴 일이 없는 새로이 창작된 감동적인 훌륭한 시를 뜻한다. 그런 견지에서 독자들과 함께 이성섭 시인의 작품 중에서 새로운 형식과 새로운 언어로 주목되는 이 〈감자부인〉은 산을 오르는 산행을 통하여 사회적 삶의 진실을 추구하는 진지한 시적 자세가 풍자 속에 깊이 배어 있어 독자들로 하여금 공감도를 드높여주고 있다고 본다.

예부터 샛길이 하나 있으니
그 길은 고개 넘어 장터로 가는 산길
가다 보면 언제나 고개 쪽 내밀어
남색으로 보드랍게 미소 짓는

그대 패랭이꽃이구나

어찌 그리도 초립모자 쓰고
촐랑촐랑 오늘도 장에 가고 있니
가난하고 연약하지만
우린 온종일 꼿꼿이 서서
서로 어우러져 손잡고 꽃 피우지

자유는 몰라도 산을 아끼고
고만고만한 남매들로 모여
술래잡기놀이도 하고
패랭아 손에 자반 드신 울 아버지
저 산 넘어 어데 쯤 오시니 패랭아

- 〈패랭이꽃〉 전문

　삶의 진실이란 과연 무엇인가를 꾸준하게 추구하고 있는 이
성섭 시인의 〈패랭이꽃〉도 요즘 진부한 시가 난무하는 한국
시단에서 한국의 새로운 신서정(new-lyricism)의 시로서 당당하
게 자기 세계(新抒情詩, a new verse)를 개척하고 있음을 잘 보여
주는 시편이다. 시인은 "자유는 몰라도 산을 아끼고/ 고만고만
한 남매들로 모여/ 술래잡기놀이도 하고/ 패랭아 손에 자반 드
신 울 아버지/ 저 산 넘어 어데 쯤 오시니 패랭아"의 메타포적
존재 의미 속에서 화자가 추구하는 이상理想의 순수 가치는 어
쩌면 인간 최고의 존재감은 하늘과 땅 사이에서 가장 숭고하
게 저 드높은 산곡에서 형성돼 있는 것인지도 모른다. 심상心象
을 통한 시각의 감각적 묘사 속에 유머러스한 풍자적 이미지

처리로써 독자를 압도하는 메타포의 두드러진 테크닉을 잘 보여주고 있다. 화자가 설정시킨 〈패랭이꽃〉의 참다운 모티프는 결코 그렇게 흔하게 나뒹굴고 있지 않다. 요컨대 문제는 수동적으로 밖에 찾아와 주지 않는 모티프를 어떻게 능동적으로 전환시키느냐 하는 데 가치가 있다. 그것이 곧 감동의 형성이다. 나는 "시는 감동으로 시작하여 감동으로 끝나야 성공작"이라고 본다. 시인의 길은 그가 살아가는 시대의 인간적 가치를 감동적으로 꿰뚫어내는 데 있다고 보기 때문이다.

나뭇잎 벌레야
넌 어찌하여 나뭇잎 다 먹지 않고
가지 끝에 남겨 두느냐

벌레야
갖가지 모양 만들어내는 그 솜씨
부러운 너는 그렇지, 조각가구나
가을 이슥해지면 낙엽 조각 전시해
멀쩡한 나뭇잎보다 네 작품 뛰어나니

섬세하게 뚫어진 구멍 사이로
새로운 가을이 훤히 드러나 보이고
그곳에 또 다른 세상 펼쳐진다

벌써 가을 깊어가고
풀벌레 노래 속에 어느새 겨울바람
등성이 넘어올 때

너흰 어디로 보금자리 찾아가니

                    – 〈나뭇잎 조각품〉 전문

   산행 속에서 시심도 함께 연마하느라 온갖 심혈을 경주하고 있는 이성섭 시인의 진실 추구의 자세는 매우 고결한 일이며 그런 참다운 의지가 번뜩여서 이 작품은 값지다. 우선 제2연을 신중하게 음미하자면, "벌레야/ 갖가지 모양 만들어내는 그 솜씨/ 부러운 너는 그렇지, 조각가구나/ 가을 이슥해지면 낙엽 조각 전시해/ 멀쩡한 나뭇잎보다 네 작품 뛰어나니"에서는 수사적修辭的으로 하이퍼볼(hyperbole, 과장법)이 도입된 흥미로운 그런 내용이 아닌 '삶의 순수가치'를 형상화시킨 참으로 뛰어난 자연 사랑의 교훈을 독자들에게 읽히는 알레고리(allegory, 諷諭)의 수사修辭 이미지를 창출하고 있어 주목된다. 더구나 "섬세하게 뚫어진 구멍 사이로/ 새로운 가을이 훤히 드러나 보이고/ 그곳에 또 다른 세상 펼쳐진다// 벌써 가을 깊어가고/ 풀벌레 노래 속에 어느새 겨울바람/ 등성이 넘어올 때/ 너흰 어디로 보금자리 찾아가니"(3~4연)라고 했다. 가을이 겨울바람 속에 몸 움츠리는 자연의 섭리를 시인의 이 강한 메시지를 독자들은 과연 어떻게 인식할 것인가. 겨울이 다가오려는 가을 산을 통해 화자는 은밀하게 자연의 아름다운 곳에서의 삶의 참다운 존재가치를 메타포하고 있어 독자를 더욱 감동시킨다. 자칫하면 관념에 치우치기 쉬운 다루기 힘든 제재題材를 슬기롭게 극복 처리하며 진지한 시문학적 방법론 제시가 돋보이는 작품이다. 지금까지 가을산에 대해 벌레를 의인화하여 우화적으로 묘사한 시인은 없었다는 데서 우리는 다시금 이 작품을 삶의 아포리즘(aphorism)으로서도 공감하게 된다.

> 오목눈이새는 딸기나무에 집 짓고
> 촉새는 가시덤불에 집 짓네
> 나는 어이 집 지을거나
>
> 백로처럼 까치처럼 집 지어
> 사방 멀리 높은 데서 지켜볼거나
> 비둘기 되어 산속에 집 지어
> 대문 닫고 오래도록 살거나
>
> 옳거니 초가집 지어 놓고 살아야겠네
> 아궁이에 군불 지펴 놓고
> 아랫목에 요 깔고 누우면
> 내 몸 쉽게 좋아질 거야
> 황토 내음에 밤낮으로
> 새가 울어주고 산 냄새 풀 향기
> 부끄럽지 않겠지 건강하시게나
> 친구야

- 〈친구에게〉 전문

지구의 종말마저 걱정할 만큼 처절한 공해 속에 허덕이는 우리로서는 청정한 자연환경을 동경하기 마련이다. 그러기에 자칫 이런 작품은 관념에 빠지기 쉬운 것을 안정된 시상 전개와 잘 다듬어진 시어 처리로 전연체全聯體의 에스프리(esprit)가 강한 정신미를 경건한 수도의 자세로써 형상화시키는 뛰어난 기

교를 발휘하고 있다. 그것은 심혈을 기울여 시를 쓰는 이성섭 시인의 자아 성찰自我省察의 눈부신 결정結晶이 아닐 수 없다. "옳거니 초가집 지어 놓고 살아야겠네/ 아궁이에 군불 지펴 놓고/ 아랫목에 요 깔고 누우면/ 내 몸 쉽게 좋아질 거야/ 황토 내음에 밤낮으로/ 새가 울어주고 산 냄새 풀 향기/ 부끄럽지 않겠지 건강하시게나/ 친구야"(제3연)라고 하는 친구에 대한 호소가 자연 파괴에 대한 저항의지와 연관되는 시인의 아름다운 심상으로 표출되어 경건하고 값진 자연 환경을 구원하려는 릴리프의 자세다.

우리는 이 세계에 존재하는 온갖 사상事象에서 소재를 택하여 시를 창작할 수 있다. 따지고 보면 새로운 시의 소재는 무궁무진하기 때문에 공해가 난무하는 산업화 사회의 비극성을 극복하려는 시인의 건강한 의지를 통하여 새로운 시적 오브제(object) 개발의 가능성도 〈친구에게〉에서 잘 보여주었다.

필자는 '시문학 강연'에서 항상 이런 말을 한다. "평생에 한 편의 명시만이 필요하다. 아무리 이름난 시인도 명시는 한 편뿐이다. 소월 시집에도 타작들은 얼마든지 있다"라고. 이 시집에도 타작은 적지 않다. 그러므로 발표작이라도 다시 다듬고 추고하여 명시로 엮어내야 할 일이라고 권유한다. 또한 이 시집에서 좋다는 작품들을 추려내어 평필을 들었음을 독자 여러분도 이해하시기 바라며 앞으로 이성섭 시인의 더욱 빛나는 시작업을 기대하련다.

이성섭 제2시집

서울을 떠나자

•

지은이 / 이성섭
펴낸이 / 김재엽
펴낸곳 / **한누리미디어**
디자인 / 지선숙

121-840, 서울시 마포구 서교동 395-13 서원빌딩 2층
전화 / (02)379-4514, 379-4519
Fax / (02)379-4516
E-mail/hannury2003@hanmail.net

•

신고번호 / 제300-2006-61호
등록일 / 1993. 11. 4

•

초판발행일 / 2011년 8월 8일

•

ⓒ 2011 이성섭 Printed in KOREA

•

값 8,000원

•

※잘못된 책은 바꿔드립니다.

•

ISBN 978-89-7969-395-9   03810